ÉTRENNES

AUX

ROYALISTES,

OU

REVUE, EN FORME D'ÉPITRE,

DE QUELQUES ACTES

DU MINISTÈRE,

PAR M. HIPPOLYTE DELPHIS,

ÉTUDIANT EN DROIT.

S'il a fait quelques maux, il en est le remède.
DELILLE, *Imagination*, C 1er.

PARIS,

CHEZ LES MARCHANDS DE NOUVEAUTÉS.

1829.

ÉTRENNES

AUX

ROYALISTES.

Imp. de Carpentier-Méricourt,
r. Trainée-St-Eustache, n. 15.

ÉTRENNES

AUX

ROYALISTES,

OU

REVUE, EN FORME D'ÉPITRE,

DE QUELQUES ACTES

DU MINISTÈRE,

PAR M. HIPPOLYTE DELPHIS,

ÉTUDIANT EN DROIT.

S'il a fait quelques maux, il en est le remède.
DÉLILLE, *Imagination*, C. Ier.

PARIS,

CHEZ LES MARCHANDS DE NOUVEAUTÉS.

1829.

AUX ROYALISTES.

Parcere personis, dicere de vitiis.
MARTIAL.

Défenseurs généreux de l'Autel et du Trône,
Qui, soutiens de l'éclat dont brille la couronne,
Contre un parti jaloux de lui ravir ses droits
Prêtez au Souverain l'appui de votre voix ;
Vous tairez-vous toujours ! De la lyre muette
Ne sauriez-vous tirer les accents du poète ?
J'entends encor les vers de deux auteurs fameux :
Ils eurent de l'écho. Ne pourriez-vous, près d'eux,
Le bras armé du fouet qu'on donne à la Satyre,
Provoquant d'un seul coup l'éclat bruyant du rire,
Comme de Juvénal disciples de Calot,
Donner de traits piquants à chacun son ballot ;

Et mettant sous nos yeux, sans craindre leur rancune ;
Cet orateur Tribun montant à la tribune,
Recommençant vingt fois, interrompu toujours,
Cet autre improvisant, la veille, son discours,
Ce dernier, arrangeant ses phrases pédantesques,
Peindre grotesquement des figures grotesques ?

    D'un crayon vigoureux ébauchez ces portraits :
Après ces sujets-là viendront d'autres sujets.
Vous pourrez nous montrer, quand la Chambre est fermée,
Ce Député courant avec sa renommée
Dans ces lieux qu'il flétrit d'une tache de noir
Recevoir des dîners qu'il leur rend, en savoir,
De tant d'industriels dépourvus d'industrie,
Et porter la santé de la géométrie.

    Sans doute, qu'occupé de plus graves travaux,
Votre esprit trop profond, négligeant ces tableaux,
D'aussi faibles moyens n'attend pas la victoire.
Voyez les faits inscrits aux pages de l'histoire :
De l'Athlète souvent la fin trahit l'effort,
L'objet le plus débile a vaincu le plus fort,
La raison a plié devant le ridicule,
C'est une femme enfin qui triompha d'Hercule.

    S'il faut des ennemis qui soient dignes de vous,
Frappez au Ministère, et portez de grands coups.
D'un scrupule d'enfant brisez les faibles chaînes ;
Villèle et Peyronnet ont bien eu leurs étrennes ;

Pourquoi craindriez-vous ? *légaux* sont vos desseins ,
On n'attaque pas Dieu pour attaquer les Saints.

   « Messeigneurs , leur dirais-je , une heureuse journée
Vous vit , à pareil mois de la dernière année ,
Rompre le cours honteux d'un long septemvirat ;
Et , prenant en vos mains les rênes de l'Etat ,
Du bonheur envers nous contracter la créance :
C'est un billet payable , on attend l'échéance !...

   » Mais , sans anticiper , suivons le cours des faits.
Pour avoir les moyens d'étaler les bienfaits
Qu'attira sur la France une heureuse arrivée ,
Vous cherchez des périls dont vous l'ayiez sauvée ;
C'est d'un cœur généreux : à nos yeux étonnés ,
Vous montrez les Français vers l'abîme entraînés ,
Notre crédit qu'épuise une lacune immense ,
Et notre sol couvant une mine en silence....
Pouviez-vous employer des ressorts si communs !
On trouve un déficit , et l'on fait des emprunts !

   » Ce n'est pas , qu'en frondeur entiché de son rôle ,
Il faille , à tout propos , que sur tout je contrôle ;
Un emprunt est fort bon , fait pour un bon objet.
Vous déclarez la guerre , on gonfle le budget.
Que du pavillon blanc partout flottent les toiles ,
Que les rives d'Alger blanchissent de nos voiles ,
Que les murs de ses forts , battus avec fracas ,
S'écroulent sous le feu de vingt mille soldats ,

Qu'on nous venge, c'est bien ; mais un penser me blesse :
On laisse en paix Alger et l'on débarque en Grèce !
　» C'est là, que, par convois, irons nos millions.
Vous implorez l'appui des plus fortes raisons :
Par vous la servitude a brisé ses entraves ;
Un peuple, libre enfin, sort d'un troupeau d'esclaves ;
Des arts qu'on étouffait, du génie au tombeau
Vos bienfaisantes mains rallument le flambeau ;
Et pour prix du bonheur dont vous l'avez bercée,
La terre aux souvenirs vous garde une pensée !...
C'est peu, dans vos discours, brillante de beaux arts
La Grèce d'autrefois se montre à nos regards.
Un essaim de héros sort de Sparte et d'Athènes,
Dans ces murs tonne encor la voix de Démosthènes,
Le poète a chanté des hymnes sur ce bord,
Ici pensa Platon, plus loin Socrate est mort....
Pourrions-nous balancer ! l'humanité commande,
L'honneur parle, et d'ailleurs, le *Courrier* le demande.
　» Les ordres sont donnés : ces énormes vaisseaux,
Ces canons à grands frais tirés des arsenaux,
Ces voiles que des vents vient d'arrondir l'haleine,
Ces transports, tout annonce une guerre lointaine,
Mais un pays ingrat : car sur les bâtimens,
Des coursiers, du bétail les grossiers alimens ;
Des grains, jusqu'aux abris où le guerrier repose,
Il faut y porter tout pour trouver quelque chose.

Tout ! Vos préparatifs ne sont faits qu'à demi,
Vous oubliez encor d'y porter... l'ennemi.
   » Que faisiez-vous pour nous, quand, d'un cri d'allégresse,
Nos soldats saluaient les rives de la Grèce ;
Et des bronzes qu'éclaire un rayon du soleil
Déployant avec art l'imposant appareil
Sous les yeux d'Ibrahim charmé de leur tenue,
Nous faisaient payer cher l'éclat d'une revue ?
   » Des fils de Loyola le fantôme trompeur
Dans les rangs libéraux semait toujours la peur ;
Des plans qu'on arrêtait ils gênaient l'ordonnance ,
Il fallait les chasser : Une longue Ordonnance
Arrachant de nouveau la patrie au danger ,
Les envoye enseigner en pays étranger.
Qu'y diront-ils de nous et de notre boutade ?
De l'Ordonnance enfin ? que la France est malade.
   » Un Conseiller d'Etat au conseil perd l'accès.
Au journal royaliste on déclare un procès ,
Pour outrages au Roi l'action intentée !
Le jour fixé, la foule au palais s'est portée :
Chaque parti vient voir triompher son parti ;
D'un avocat fameux la voix a retenti...
Qu'avez-vous retiré de ces façons de faire ?
Ce que gagne un plaideur quand il perd son affaire.
   » Tant de concessions , faites en même temps
Auraient dû rendre au moins nos libéraux contents.

« C'est peu, vous disent-ils, sous l'autre Ministère,
» Nos projets se couvraient des ombres du mystère ;
» Nous ne demandions rien, ne pouvant rien avoir.
» Aujourd'hui que nos bras vous tiennent au pouvoir,
» Ecoutez : qu'à grands flots sur nous coulent vos grâces,
» La soif du bien public nous donne faim des places ;
» Qu'à tous emplois vacants nous soyions seuls admis,
» Et liberté pour tous… pour nous et nos amis. »
    » Qu'aux accents du parti votre faiblesse cède,
Qu'au Préfet royaliste un libéral succède ;
Ses membres aux grandeurs une fois appelés,
Et les fils du pouvoir en ses mains assemblés ;
    » Messieurs, vous dira-t-il dépouillant l'artifice,
» Laisse-t-on le manœuvre élever l'édifice ?
» Peuple Caméléon, tantôt blanc, tantôt noir,
» L'apôtre du matin, et l'apostat du soir,
» Dont le pied indécis marque un pas et recule,
» Allez porter ailleurs cet esprit de bascule.
» Vous promettez toujours et ne donnez jamais ;
» Là je vous mis hier, aujourd'hui je m'y mets. »
    » Entre vous et les preux de deux lignes rivales
Vous cherchez à tenir les distances égales ;
Votre esprit incertain, penchant pour chacun d'eux,
Craint d'en offenser un et les blesse tous deux.
En voulant la garder, vous perdrez votre place,
A chercher la faveur on trouve la disgrâce.

» Quels seront vos projets ? les nôtres ou les leurs ?
Quels chemins suivez-vous ? quelles sont vos couleurs ?
Faites à ces mots francs une réponse franche.
« La couleur d'un Français sera toujours la blanche. »
Avez-vous répondu. Mais cent fois, à nos yeux,
Un angle de cristal du prisme ingénieux
Dérobant au soleil un rayon de lumière,
A montré, quand il sort de sa prison de verre,
Ce rayon blanc jadis formé des sept rayons ;
On le croirait encor, à voir vos actions.
En voulant tout remplir on laisse des lacunes,
Avoir toutes couleurs c'est n'en avoir aucunes.

   « Que de gens qui suivaient des sentiers peu frayés
Du livre des vivants se sont trouvés rayés !
Lorsqu'ainsi loin des yeux on se cherche un asile,
Bien souvent on s'égare, et la chute est facile.
Marchez dans ces chemins que vous trace l'honneur ;
Vous y trouvez nos Rois. Que pour nous du bonheur
Jusqu'en votre sommeil l'édifice s'élève,
Et que les actions réalisent le rêve. »

   Tels seraient mes discours, si de ma faible voix
L'accent pouvait frapper les Ministres des Rois.
Trop craintif pour l'oser, mais trop franc pour me taire,
Que je vous renouvelle un avis salutaire.

   Le soldat est debout pendant la faction.
Votre réveil serait le réveil du lion,

Que dormir est d'un fou lorsqu'on est sur l'abîme.
Ne pas croire au danger c'est en être victime,
Et sans crainte pourtant votre *côté* s'endort :
Songez-y, le sommeil est frère de la mort.
Arrachez de votre œil ce bandeau qui le couvre,
Que sur vos intérêts, un seul instant il s'ouvre.
Pourquoi marcher ainsi chacun d'après son rang ?
Nobles ou roturiers, eh qu'importe le sang !
Lorsqu'on se sert du bois, regarde-t-on l'écorce ?
Soyez unis, osez : L'union c'est la force,
La fortune à l'audace a promis le succès.

    Et moi qui vous consacre aujourd'hui ces essais,
Auteur fort conséquent de vers sans conséquence,
Poète de vingt ans, léger comme l'enfance,
Que fatiguent déjà d'aussi graves discours,
Je reprends mes travaux : la lyre des amours
Va sous mes doigts errants redevenir sonore,
Ce que j'ai peint cent fois je cours le peindre encore.

NOTES.

> J'entends encor les vers de deux auteurs fameux ;
> Ils eurent de l'écho...

On se rappelle le bruit que firent, l'année dernière, la *Vil-lèliade*, nos *Etrennes aux Ministres*, et tant d'autres Satyres ingénieuses dûes à l'heureuse association de deux jeunes poètes, MM. Barthélemy et Méry. Ils préludaient alors sur un ton léger à des compositions plus vastes, et nous préparaient au poème de *Napoléon en Egypte* qui vient d'obtenir le plus brillant succès.

———

> L'objet le plus débile a vaincu le plus fort,
> Lafontaine avait dit avant nous :
>
> > Entre nos ennemis
> > Les plus à craindre sont souvent les plus petits.

———

> La raison a plié devant le ridicule
> > Ridiculum...
> Fortiùs ac meliùs magnas plerùmque secat res.
> > (HORACE.)

———

> Villèle et Peyronnet ont bien eu leurs étrennes.

Poème de MM. Barthélemy et Méry. (Voir la première Note).

———

> Notre crédit qu'épuise une lacune immense.

On sait que M. le Ministre des finances signala son entrée au

pouvoir par la découverte d'un déficit qu'il sembla attribuer à
la mauvaise administration de son prédécesseur.

———

Ici pensa Platon , plus loin Socrate est mort.

Ce vers est tiré d'une *Méditation sur l'esclavage de la Grèce*
que j'ai imitée de l'Anglais à dix-huit ans. Je cite textuelle-
ment le commencement afin de donner une idée de mon style
à cet âge.

Toi dont un souvenir rappelle une victoire,
Un combat un triomphe , un soldat un héros ;
Tu ne cesseras point d'être chère à la gloire.
Tu languis dans l'ennui d'un stérile repos.
Toi dont l'éclat brillait à l'égal de la foudre ,
Du faîte des grandeurs tu tombas dans la poudre !
Tu ne vis plus , hélas ! que par le souvenir ;
Sans honneur , sans vertu !... mais souvent la pensée
Repliant ses regards sur la gloire passée ,
T'apporte en gémissant le tribut d'un soupir.
 La Liberté t'aima : de sa main nourricière
Elle fertilisa tes sillons valeureux ;
Ces sillons que d'Argos foula le fils sévère ,
Qui , fier républicain , indépendant austère ,
Vainquit tous ses rivaux , et fut vaincu comme eux.
 De Pallas , des neuf sœurs l'espoir et la tendresse ,
Athènes vit son front ceint de plus d'un laurier.
Ses robustes enfants et tous ceux de la Grèce ,
Etaient-ils étrangers à la guerrière adresse ?
Les vit-on , ignorants du trait , du bouclier ,
Jeter loin d'eux le glaive ou le casque guerrier ;
Et débiles soldats , au sein de leurs murailles ,
N'oser se confier aux hasards des batailles ?
 O vous dont tant de sang engraissa les sillons ,
Solitaires tombeaux et ténébreux asyles
Où des Perses vaincus dorment les bataillons ,
Répondez Marathon , répondez Thermopyles !

· · · · · · · · · · · · · ·

———

L'honneur parle , et d'ailleurs le *Courrier* le demande.

Cette expédition de Grèce , que les plus modérés qualifient

d'inconsidérée, et pour laquelle on chercha à nous enflammer par tant de raisons différentes, soit de mœurs, soit de religion, a eu pour motif le seul peut-être dont on n'ait point parlé, celui de satisfaire les exigeances de quelques partis.

—

Sur les bâtiments
Des coursiers, du bétail les grossiers aliments,
Des grains, jusqu'aux abris où le guerrier repose,
Il faut y porter tout pour trouver quelque chose.

On est obligé de fournir, de France, à notre armée expéditionnaire, des grains, du foin pour les chevaux, des tentes, du bois de chauffage, etc. On a vu, par la voie des journaux, que dans les premiers campemens nos soldats couchaient à la lettre *sous le beau ciel de la Grèce.*

—

Vous oubliez encor d'y porter l'ennemi.

L'évacuation de la Morée était décidée avant le départ de l'expédition française.

—

Aux regards d'Ibrahim charmé de leur tenue,
Nous faisaient payer cher l'éclat d'une revue.

On sait que M. le lieutenant-général, marquis Maison, a passé ses troupes en revue sous les yeux d'Ibrahim auquel on a offert un banquet (on n'aurait pas mieux fait en France). Voir pour les détails, vraiment curieux de cette fête, les journaux de l'époque.

—

Une longue Ordonnance,
Les Ordonnances du seize juin.

—

Au journal royaliste on déclare un procès.

Tout le monde connaît l'histoire du procès intenté à la *Gazette de France* ; voir celle des tribunaux.

***

La soif du bien public nous donne faim des places.

Pendant que les Députés prenaient l'engagement de ne pas accepter de places du Ministère, leurs journaux sollicitaient de toutes leurs forces des destitutions nombreuses au Conseil-d'État, aux Directions générales, aux Préfectures, etc. Ils oubliaient que quelques destitutions faites dans un intervalle de six années avaient fourni l'occasion d'ajouter au titre du Ministère déjà *déplorable*, celui de *brutal*.

***

La couleur d'un Français sera toujours la blanche.

Réponse de M. le Ministre de la marine.

***

Songez-y, le sommeil est frère de la mort.

Cette pensée traduite d'un poète latin, me rappelle que Montesquieu a dit (*Esprit des lois*) :

« La servitude commence toujours par le sommeil.

FIN.

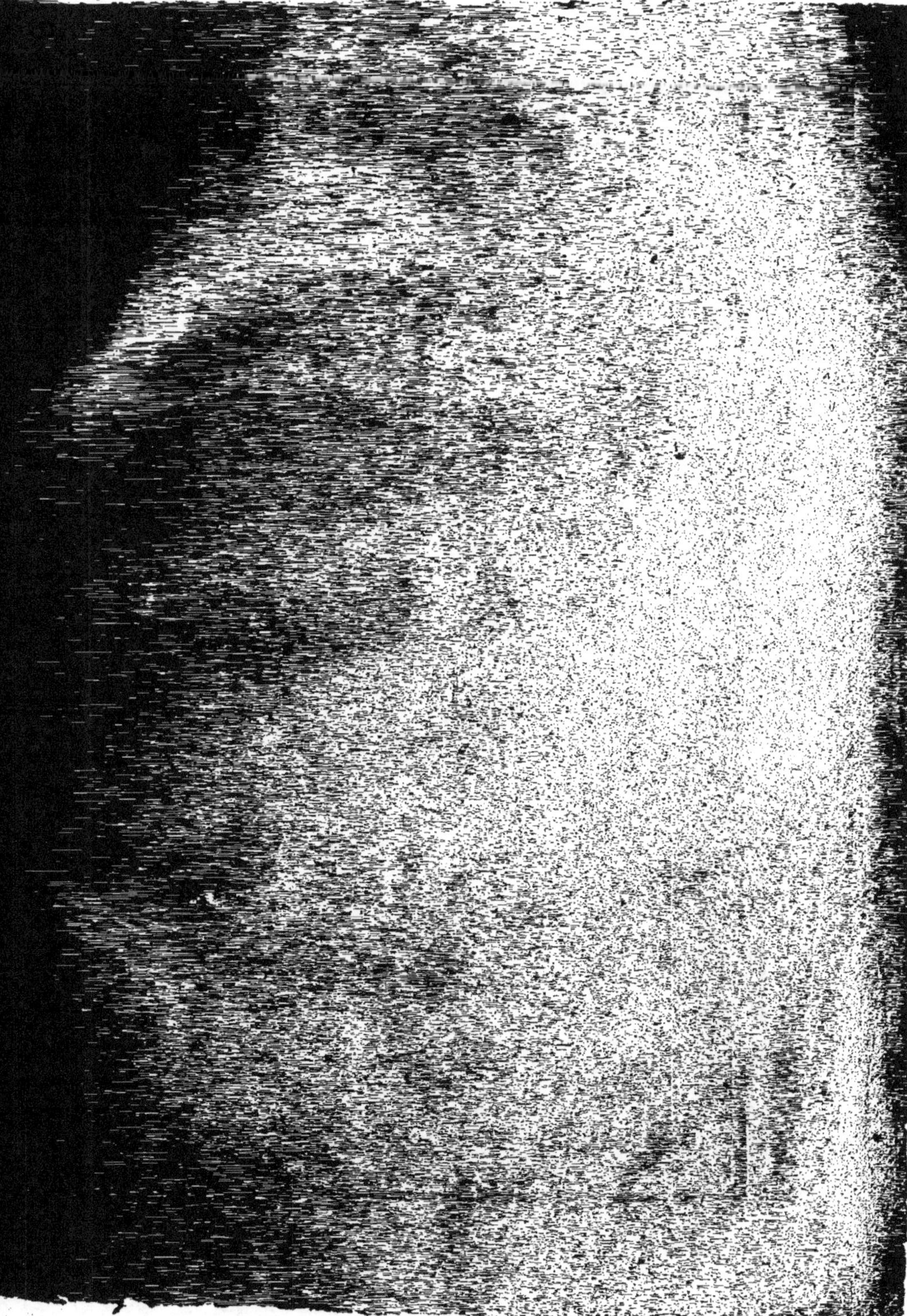

Imprimerie de CARPENTIER-MÉRICOURT, rue Traînée, N° 15, près S.-Eustache.